AF278652

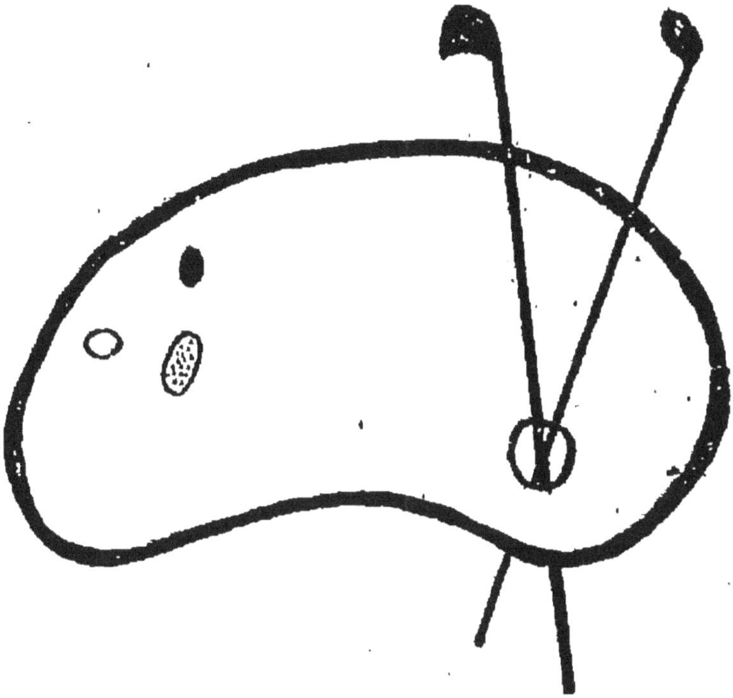

DEBUT D'UNE SERIE DE DOCUMENTS
EN COULEUR

1860. 20 Avril

TABLEAU

DE

SÉBASTIEN DEL PIOMBO

REPRÉSENTANT

La Sainte Famille

VENTE

Le Vendredi 20 Avril 1860

Me DELBERGUE-CORMONT, Commissaire-Priseur.

RENOU & MAULDE,

Imprimeurs de la Compagnie des Commissaires-Priseurs,

rue de Rivoli, 144.

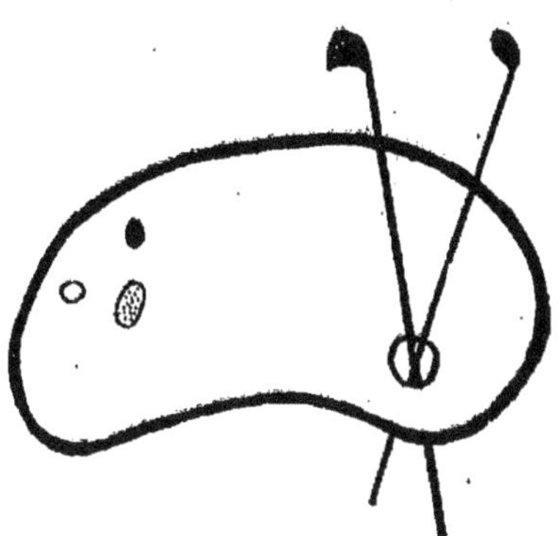

FIN D'UNE SERIE DE DOCUMENTS
EN COULEUR

NOTICE

D'UN

TABLEAU

DE

SÉBASTIEN DEL PIOMBO

REPRÉSENTANT

La Sainte Famille

DONT LA VENTE AUX ENCHÈRES PUBLIQUES AURA LIEU

HOTEL DES COMMISSAIRES-PRISEURS

RUE DROUOT, N° 5

GRANDE SALLE N° 7

Le Vendredi 20 Avril 1860, à 4 heures précises

Par le ministère de M° **DELBERGUE-GORMONT**, Commissaire-Priseur,
rue de Provence, 8.

EXPOSITIONS
{ *Particulière*, le Mercredi 18 Avril 1860 ;
Publique, le Jeudi 19 Avril 1860,

De 1 heure à 4 heures.

PARIS

RENOU ET MAULDE,

IMPRIMEURS DE LA COMPAGNIE DES COMMISSAIRES-PRISEURS
Rue de Rivoli, 144.

1860

CONDITIONS DE LA VENTE.

Elle sera faite au comptant.

L'Acquéreur paiera 5 pour cent en sus de l'adjudication.

LA SAINTE FAMILLE

DE

SÉBASTIEN DEL PIOMBO

PEINTE SUR BOIS DE CÈDRE.

Haut. 1 m. 20 c. — Larg. 91 c.

A mesure qu'on avance dans l'étude de la peinture, je veux dire dans la connaissance des tableaux, on devient timide et circonspect. Le savoir, qui ordinairement inspire de l'assurance, conduit ici à l'hésitation et au doute. Les jeunes amateurs affirment sans hésiter et sont volontiers tranchants, tandis que nous voyons les connaisseurs plus exercés, ceux qui ont fait l'expérience de leurs propres erreurs et des erreurs d'autrui, demeurer souvent incertains et irrésolus. « L'incertitude est le tourment de la clairvoyance », a dit un écrivain illustre qui habite l'Angleterre.

Cependant il est des peintures dont la beauté est si

claire et qui, pour ainsi parler, s'affirment elles-mêmes avec tant d'énergie, qu'elles nous interdisent toute hésitation. Raisonnements, rapprochements historiques, conjectures, rien n'y fait. Et il se trouve que, lorsqu'on a subi l'ascendant d'une œuvre supérieure, le sentiment est vérifié par l'histoire, l'impression première est confirmée par la critique des faits. Il en est ainsi du tableau que nous allons décrire. Ce tableau, découvert à Tolède, a été apporté tout récemment à Paris : c'est une *Sainte Famille* de Sébastien del Piombo. L'Enfant Jésus est couché sur un lit et dort du sommeil le plus gracieux et le plus doux, les deux bras ramenés sur l'oreiller ; sa tête est à la droite du spectateur. LaVierge, vue de face, à mi-corps et légèrement inclinée, contemple le sommeil de l'Enfant et tient délicatement de ses deux mains une draperie dont elle va le couvrir. Saint Joseph est à gauche, dans l'ombre ; saint Jean est à droite, dans la lumière, et son visage, son attitude, expriment la plus tendre admiration ; le fond est rempli par un rideau vert. Les figures sont de grandeur naturelle.

A l'arrivée du tableau, les amateurs ont été invités à le venir voir, et, comme il arrive toujours, chacun s'est fait prier. C'est qu'en effet, il n'est pas d'expert il n'est pas d'homme réputé compétent sur ces matières, qui ne soit tous les jours sollicité, dérangé de ses habitudes, détourné de ses affaires, par des ignorants ou des rêveurs auxquels est échu quelque Raphaël incontestable, de la seconde ou de la troisième manière... Nous-même, nous avons perdu tant de temps et usé tant de patience à voir des tableaux; nous avons été tant de fois entraîné dans des quartiers lointains, tant de fois déçu et mystifié, qu'il a fallu, pour nous décider, l'invitation pressante d'un ami.

Cette fois, par extraordinaire, nous avons été largement, magnifiquement récompensé de nos peines. La *Sainte Famille* qu'on nous a montrée est un morceau capital, une peinture admirable et du plus beau style. Les deux principales figures, la Vierge et l'Enfant, sont d'une telle beauté qu'elles ne seraient pas désavouées par les plus grands maîtres. Les Madones de Raphaël sont douces et délicates, attristées par un pressentiment vague, et naturellement gracieuses : celle-ci est robuste et fière, plutôt sérieuse que triste, et d'une grâce souveraine. Son mouvement contrasté rappelle les tournures de Michel-Ange, et il y a dans sa bouche une légère moue qui se marie délicieusement avec le caractère hautain et pensif du regard. Comme nous le disait le conservateur du Cabinet des Estampes, c'est une Junon dans le paradis. Quant à l'exécution, elle est mâle et suave tout ensemble, ferme comme un Giorgion, effumée comme un Luini. Le peintre a mis quelques différences, ou, pour mieux dire, quelques nuances de faire, dans la figure de l'Enfant Jésus. Cette figure, adorable de naturel, de grâce et d'abandon, est traitée de ce pinceau tendre et nourri que les Italiens appellent savoureux (*saporito*). Le modelé est plein de rondeur, mais le relief des parties est subordonné à l'ensemble, et les muscles, loin d'être ressentis, comme ils le sont quelquefois dans les petits anges de Raphaël, sont exprimés avec discrétion, ainsi qu'ils doivent l'être sous le derme délicat de l'enfance. On peut citer particulièrement comme un chef-d'œuvre dans l'art de peindre le bras gauche de l'enfant, la poitrine et le ventre. Les deux autres figures du tableau sont moins belles, soit que l'artiste les ait volontairement sacrifiées, soit qu'il eût épuisé sa chaleur et sa verve sur les deux figures principales. La tête de saint Joseph paraît avoir été peinte d'après le modèle qui a servi à Raphaël pour la *Sainte Famille* dite de Fontainebleau ; c'est le même vieillard, mais chacun des deux grands peintres l'a vu à sa manière. Il en existe à Paris, dans la collection d'un amateur bien connu, un dessin à la pierre noire par Sébastien del Piombo, et nul doute que ce dessin, qui reproduit le même trois-quarts, la même pose, n'ait été fait pour la peinture que nous avons sous les yeux. En revanche, le buste de saint Jean ne semble pas avoir été étudié sur nature : la main de cet enfant est plutôt celle d'une jeune fille ; toutefois, l'exécution en est savante, onctueuse, et n'a rien qui dépare le superbe tableau que nous décrivons.

Tout d'abord nous l'avions vu comme les autres curieux ; mais, sur la demande qui nous a été adressée d'en rédiger la notice, nous avons dû l'examiner de plus près et à plusieurs reprises, et nous avons invité à notre tour les personnes les plus autorisées, les plus compétentes, à nous éclairer de leurs avis. Leur opinion a été unanime sur un point, à savoir : que la *Sainte Famille* qu'on leur montrait était un morceau de la plus grande, de la plus éclatante beauté. La plupart ont nommé Sébastien del Piombo comme l'auteur probable de cette peinture, et quelques-uns ont ajouté que, si elle était dans le style de Raphaël, on pourrait la lui attribuer sans rien diminuer de sa gloire. Cette remarque a été faite une première fois par un vétéran de la critique des grands journaux, qui s'est excusé de ne prononcer aucun nom en disant ce mot spirituel : « Je crois me connaître en peinture, mais je ne me connais guère en tableaux. » Cependant, ce qui n'était encore qu'une présomption, une opinion respectable par le nombre et la qualité des suffrages, est devenu pour nous une certitude, à la suite de nos recherches. Nous savions qu'au Musée Bourbon, à Naples, il existe un tableau semblable à celui-ci, mais dont il n'y a d'achevé que les têtes. D'autre part, Vasari dit formellement dans la vie de Sébastien : « *In uno quadro fece una nostra Donna, che con un panno cuopre un putto che fu cosa rara, e l'ha oggi nelle sua guarda roba il cardinal Farnese.* (Il peignit une Madone couvrant l'Enfant Jésus d'une draperie, peinture d'une beauté rare, qui se trouve aujourd'hui dans le cabinet du cardinal Farnèse.) » Or, dans la *Sainte Famille* du Musée Bourbon, il n'y a de fini que les têtes : le reste n'est qu'ébauché. Comment comprendre

que Vasari ait cité, parmi tant de tableaux de Sébastien, un morceau demeuré à l'état d'ébauche, et
comment concevoir que le cardinal Farnèse eût dans
son cabinet une peinture inachevée? Il faudrait sup-
poser que Sébastien, qui vivait à Rome, où vivait
aussi le cardinal Farnèse, fut surpris par la mort
avant d'avoir terminé son tableau. Mais, s'il en était
ainsi, on le saurait, comme on sait tous les morceaux
que Raphaël, Titien et autres grands peintres ont
laissés incomplets: comme on sait, par Vasari, la
fresque de Sainte-Marie-du-Peuple, que Sébastien,
interrompu par la mort, ne put achever. Il faut re-
marquer aussi que longtemps avant sa mort, Sébastien s'était brouillé avec Michel-Ange à l'occasion
de la chapelle Sixtine, que lui, Sébastien, voulait
qu'on peignît à l'huile et non à fresque. La *Sainte
Famille* en question ne fut donc pas le dernier ou-
vrage de Sébastien, puisqu'elle porte, dans la désin-
volture de la Vierge, la trace évidente de l'interven-
tion amicale de Michel-Ange. Encore une fois, si
Sébastien n'avait pu achever sa *Sainte Famille*,
Vasari n'aurait pas manqué d'en faire la remarque
en cet endroit de son livre, puisque, dans la phrase
qui suit, il signale précisément un autre tableau
de Sébastien del Piombo qui ne fut pas mené à fin :
« *Abbozzò, ma non condusse a fine una tavola di
san Michele.* (Il ébaucha, mais ne termina point un
tableau de saint Michel.) » Il serait vraiment bien
extraordinaire que, parlant à la fois de deux pein-

tures inachevées, la *Sainte Famille* et le *Saint Michel*, Vasari n'eût pas fait, sur ces deux peintures, une observation qui était en ce moment sous sa plume, et qui s'appliquait également à l'une et à l'autre. Pour sortir de cette difficulté, en présence d'un tableau aussi admirable et autant admiré, il faut croire que Sébastien del Piombo, ayant reçu du cardinal Farnèse la commande d'une *Sainte Famille*, ne commit pas l'inconvenance de lui envoyer une peinture aux trois quarts ébauchée, mais qu'il fit pour ce prince de l'Église le magnifique tableau que nous avons sous les yeux ; qu'ensuite le cardinal, ayant voulu en avoir une répétition, soit pour l'offrir en cadeau, soit pour en orner quelque autre palais, le peintre, ennuyé de se copier lui-même, n'eut pas la patience d'aller jusqu'au bout. Cela s'accorde, du reste, à merveille avec le caractère de Sébastien del Piombo, véritable épicurien, qui prêchait à ses amis l'indifférence en matière d'art et de gloire, menait joyeuse vie et préférait de beaucoup la bonne chère à la peinture : *Tenendo più conto della vita, che dell' arte.*

Il est donc, pour nous, plus que probable que les Farnèse ont possédé à la fois la peinture superbe que nous décrivons (celle dont parle Vasari) et une répétition restée à l'état d'ébauche, hormis les têtes (celle qui est à Naples). Maintenant, que cette peinture ait été trouvée à Tolède, dans un couvent en démolition, rien de plus simple, puisque les Farnèse ont été, par leurs relations, encore plus Espagnols qu'Italiens, et que leur héritage fut transmis à la maison d'Espagne, en 1714, lorsque Élisabeth Farnèse devint reine d'Espagne par son mariage avec Philippe V.

Ces déductions historiques seraient inutiles, s'il s'agissait seulement de démontrer ce qui est si clair, la beauté magistrale du tableau dont nous parlons ; mais il fallait aussi démontrer que ce tableau, si évidemment peint d'ailleurs dans la manière vénitienne, était de Sébastien del Piombo, et qu'ainsi le nom illustre de son auteur venait confirmer la supériorité du morceau. Il ne faut pas oublier, en effet, que Michel-Ange osait opposer Sébastien à Raphaël, espérant que le maître vénitien, après avoir recouvert de son coloris magique les compositions que lui, Michel-Ange, dessinait secrètement de sa main sublime, pourrait rivaliser avec le peintre d'Urbin.

CHARLES BLANC.

Renou et Maulde, imprimeurs de la Compagnie des Commissaires-Priseurs, rue de Rivoli, 144.   9535

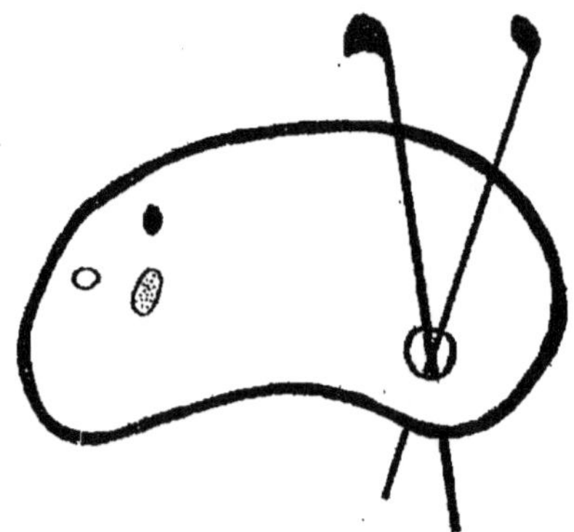

ORIGINAL EN COULEUR
NF Z 43-120-8